« Ensemble, écrivons une nouvelle page pour l'Afrique. »

La Soif d'une Vie Meilleure

Helena BAGUISSI

La Soif d'une Vie Meilleure

*À toutes ces personnes
à la recherche d'une vie meilleure.*

*À ma mère, Mme NGOUONI Denise Estelle;
à mon père, M. NGOUONI ONDEA Macaire;
à Carl, Phillip, Dominique et Joseph, mes frères;
à mon fils Marc-Aylan; et à toute ma famille.*

*Vous êtes pour moi, chacun dans sa posture
et tous ensemble réunis, une grande source
d'inspiration et un solide repère inaliénable dans
chacune des joyeuses comme des douloureuses
étapes de ma destinée; je confie vos vies aux
mains du Seigneur Jésus-Christ.*

À Médard

*Proverbes 17:17 dit qu'« Un ami aime en
tout temps et, quand survient l'adversité, il
se révèle un frère. »*

*Tu es cet ami et ce grand-frère qui illustre ce
passage de la Parole de Dieu dans ma modeste
vie, dans les chantiers que j'entreprends et dans
l'espérance d'une vie meilleure.*

*Tu m'encourages, tu me conseilles,
tu exprimes tes désaccords et cela,
sans jamais m'abandonner.
Je te dédie ce livre, mon premier enfant littéraire,
opuscule primipare de ma foulée épistolaire.
De tout mon coeur : merci.*

La question la plus urgente est que nous puissions rester chez nous. Car, si nous partons, ce n'est pas par plaisir mais plutôt contraints et forcés, faute d'avenir désirable chez nous.

1

Chez moi

Mahouya est un petit village à cinq cent kilomètres de la commune de Mulundu, bourgade où règne la gaieté d'un peuple de coutume Adouma. Singulières étaient la tranquillité et la joie qui animaient les habitants de Mahouya; village entouré d'une magnifique forêt longeant le fleuve Ogooué.

À chaque levé de soleil, les femmes du village Mahouya s'affairaient aux tâches ménagères avant de prendre la route vers le fleuve. Au cours de leur trajet, elles portaient en équilibre sur leurs têtes des bassines remplies de linge sale. Leurs récipients en main, des pagnes soigneusement noués autour de leurs poitrines, elles marchaient joyeusement, accompagnant leur long trajet de chants traditionnels. Le rythme des mains des jeunes sur le lit du fleuve annonçait aux femmes qu'elles étaient proches du lieu-dit. Pour marquer leur arrivée, elles s'écriaient toutes en chœur: «a bana ba be li ni ya?» ce qui signifie : «Les enfants-là, vous êtes là ?» Les enfants, tellement concentrés dans leurs jeux, ne se rendaient même pas compte de l'arrivée des femmes au fleuve. Routine habituelle : lessive, baignade en groupe, et de l'autre côté les plus vieilles trempaient des tubercules dans l'eau, pour les ressortir une semaine plus tard afin d'en faire du manioc cuit.

De retour au village, le bruit des pilons, les chants et les rires aux éclats dans la cour étaient les habituelles activités des populations. La nuit tombée, l'on s'empressait dans les cuisines pour apprêter le repas. Les vieillards se rendaient au corps de garde, attendant ce doux moment qu'on partage autour d'un feu après une longue et dure journée de travail. C'était la pleine saison sèche, et la chasse n'avait pas été très bonne pour les jeunes chasseurs.

Au menu de ce soir-là, il y'avait un succulent seti na mudika, na pesa mayara na muyondro : du bouillon de gazelle au chocolat indigène, accompagné de tubercules et de feuilles de manioc.

Il était dix-neuf heures au moment où le repas fut servi. Nous avions pour coutume de laisser manger les hommes entre eux dans le corps de garde et les femmes dans les cuisines. Je sortis de la cuisine en douce pour me faufiler jusqu'au corps de garde où les hommes finissaient à peine leurs plats; je ne voulais, pour rien au monde, manquer la partie la plus importante de la soirée: le moment où le vieux Libalaboumoanda, mon grand-père, racontait à ses fils et aux jeunes hommes du village comment il était devenu un homme fort, vaillant et redouté dans les villages voisins. D'ailleurs, ce soir-là, il nous avait raconté comment il avait livré une bataille contre une panthère noire en pleine forêt au cours d'une partie de chasse. C'était émouvant d'écouter ses exploits et c'était un honneur de faire partir de sa lignée.

Mon grand-père me faisait rêver. Il était un modèle pour moi et je me disais intérieurement qu'un jour, moi aussi, je rendrai mon nom grand et redouté comme celui de mon grand-père.

Je passais de longues minutes à envier les hommes ; eux au moins pouvaient s'adonner à des activités palpitantes comme la chasse et la danse Mbudi. Le Mbudi est une danse traditionnelle de la coutume Adouma exclusivement dédiée aux hommes. Les membres de la gente masculine étaient épargnés de la surprenante et douloureuse poussée de poitrine que vivaient toutes les jeunes filles à partir d'un certain âge. Les jeunes hommes n'avaient pas de soudaines et désagréables fuites de flux sanguins à chaque lune. Tout cela me rappelait que je n'étais qu'une fille. Certes, une fille remplie de rêves et d'aspirations émancipatrices, mais une fille.

Au fond de moi, je sentais l'attrait et le désir d'une autre vie. Une vie loin des coutumes ancestrales, loin des activités lourdes qui faisaient le quotidien des femmes au village ; loin des plantations qui s'enchainent sans fin, loin de la lessive qui meurtrit votre corps jour après jour, loin des cuisines qui sont de véritables épreuves de forge et de soufflerie, loin des exclusions diverses que la coutume imposait aux femmes.

Mais paradoxalement, au-delà de ce profond désir à partir, d'instruction, de diplômes, et de ressemblance à certains enfants de la ville qui venaient de temps en temps en vacances au village, une partie de mon coeur restait attachée à mes racines adouma, à ma tradition, à ma terre et à Libalaboumoanda, mon vieux grand-père.

Je savais qu'un jour je partirais; c'était comme une conviction intérieure, une loi indémontrable mais en même temps incontournable. Et ce que je savais encore plus, c'est qu'une fois partie de Mahouya, j'y reviendrai un jour.

Au cours d'une saison du rite Bilombo, je vécu un événement qui m'intriga. En effet, durant la période du Bilombo, tout le village était animé par les préparatifs de cette grande cérémonie d'initiation des jeunes filles du village. Sur le chemin matinal vers le fleuve Ogooué en compagnie de Dami ma grand-mère, j'aperçus de l'autre côté de la piste, au cœur de la broussaille, des jeunes filles en phase d'initiation, qui passaient leur chemin. Seins nus et corps brillant d'où émanait une odeur d'huile de palme et de Kaolin rouge dont elles s'étaient ointes pour la circonstance, elles fredonnaient un chant, se déhanchaient gracieusement jusqu'au bout de la piste opposée à la nôtre. Ces quelques instants à regarder ce spectacle étaient magnifiques et inoubliables. Je peux encore revoir la mère spirituelle du Bilombo vêtue d'un pagne blanc, de deux cordes rouges et noir tressées et entrecroisées autour de sa poitrine ; la tête coiffée d'une queue de « Raphia » et tenant dans sa main droite une torche indigène appelée « Pagha ». Elle me regardait droit dans les yeux tout en tournant sur elle-même et en dansant. Je ne savais pas ce que cela signifiait, mais l'instant de ce regard profond, j'avais ressenti comme une profonde envie de faire partie des jeunes qui allaient être bientôt initiées.

De retour au village, ma grand-mère m'avait ordonné de ne pas raconter ce que nous avions vues car cela ne concernait que les initiées.

Le soleil avait bien chauffé nos cases faites de terre battue; assise à côté de ma grand-mère, je la regardais piler la banane. Dami était forte et brillante. Elle n'était jamais allée à l'école, donc elle ne savait ni lire ni écrire; mais elle faisait partie des femmes les plus influentes du village grâce à ses nombreuses terres et plantations qui, à cette époque représentaient une énorme richesse. De plus, elle savait me transmettre ce qu'il y avait de mieux pour une femme, « la sagesse ».

La faim au ventre, je mis ma main dans le mortier pour en retirer un bout, elle me donna une tapette en esquissant un sourire, et me dit « Binibi ka bia wou ve », ce qui signifie : « ceci n'est pas à toi. » Elle me fit par contre des bananes braisées accompagnées d'huile de palme et d'un peu de sel. Un véritable délice. Je m'adressais à ma grand-mère en lui disant ces mots :

— Dami; devrai-je, moi aussi, être comme ces filles que nous avons croisées sur la route de l'Ogooué ce matin ?

Sa réponse fut si simple mais si lourde d'implication dans mon coeur :

— Ma petite Tsayi, ta mère veut aller en ville, à la capitale. Elle veut vous offrir, à ton frère et toi un avenir meilleur que la vie au village ne peut vous apporter.

Tsayi était le prénom que m'avait donné mon grand-père, ce qui signifie dans mon dialecte la joie.

2

Notre départ pour la ville

Je fus réveillée par un magnifique chant d'oiseau, me sortant ainsi d'un merveilleux rêve. Je me levai, je pris ma serviette, mon petit pot de savon, mon gratte-corps et je pris la direction de l'Ogooué. Comme d'habitude, l'ambiance joyeuse et musicale était au rendez-vous : chants, éclats de rire, pagnes noués autour de la poitrine, sceaux en main, serviettes autour des reins : ô Mahouya! Un vrai petit paradis sur terre. Il était environ dix-heures du matin quand nous revenâmes de la rivière.

Ma grand-mère avait déjà apprêté le petit déjeuner : purée de manioc avec quelques graines d'arachides. Puis, elle se mit à faire des petits paquets de nourriture pour nous permettre d'avoir de quoi manger pendant le trajet. Au menu, des feuilles de manioc emballées dans des feuilles de bananiers, accompagnées de banane-plantain pilée et un bidon d'eau de source dans lequel se trouvait un morceau de « Pagha », la torche indigène. Le « Pagha » est composé de la sève   d'un arbre sacré que l'on retrouve en pleine forêt. Pendant ce temps, ma mère faisait nos sacs. Elle me demanda de m'apprêter également; j'enfilais mon plus beau jeans patte-d'éléphant, une chemise à carreau et ma pataugas; puis je me rendis dans la cour où je me pavanais fièrement devant les enfants de mon âge. À cette époque de ma vie, c'était un luxe pour les villageois que nous étions d'emprunter le train comme moyen de transport ; alors, par mes remontrances, je voulais faire savoir à tout le village que je me rendais à la capitale.

Assise non loin de moi, Libwe, ma cousine, se leva et s'approcha calmement vers moi. Puis, me regardant avec tendresse et envie elle me dit avec un sourire innocent qui la cartactérisait si bien: « Tsayi, tu as vraiment beaucoup de chance. Un jour, moi aussi je quitterai ce village pour me rendre au pays des blancs. »

Libwe était une métisse. Elle n'avait pas eu la chance de connaître Bernard son père.

Ce dernier avait abandonné sa mère, ne sachant pas que cette dernière était enceinte de Libwe. Le village ne possédait aucune méthode pour connaître ces choses à l'époque. Ce n'est donc qu'à son troisième ou quatrième mois de grossesse qu'elle su qu'elle attendait un enfant; mais Bernard était déjà reparti dans son pays.

En l'écoutant parler, je sentis une larme s'élever du fond de mon coeur et entamer sa montée vers mes yeux. La pensée de devoir laisser ce qui était ma véritable identité pour aller vers une vie moderne transperçait tout de même mon cœur. Mais très vite, mon rêve de devenir mannequin reprit le dessus de mes pensées et, d'un geste furtif de la main, je pu stopper l'ardeur de la larme qui s'apprêtait à perler de mon oeil droit.

Puis je me rappelais de cette phrase que disait régulièrement mon grand-père à mon grand cousin : « Nous sommes une grande famille, nous sommes un peuple riche, c'est à vous que revient l'amélioration des conditions de vie et de survie de notre village, le développement de notre village. »

Le choix de ma mère avait évidemment été critiqué par ses sœurs et ses frères. Ceux-ci voyaient ce départ du village d'un mauvais œil et l'assimilait simplement à un acte de lâcheté. Maman avait décidé de quitter le village après le décès de Libalaboumoanda, mon grand-père. Elle se plaignait régulièrement de croiser l'esprit de son père, Libalaboumoanda, lorsqu'elle sortait la nuit pour se rendre aux toilettes. Je me souviens l'avoir entendue quelques fois crier au beau milieu de la nuit dans son sommeil. Certains après-midis dans la cuisine, feignant d'attiser la flamme sous la marmite, j'épiais les conversations entre maman et grand-mère. Maman racontait à grand-mère ce que l'esprit de grand-père lui faisait subir. Il leur arrivait, dans leurs conversations, de donner des détails qui me faisaient sursauter de torpeur; trahissant ainsi mon stratagème. Et lorsque j'étais ainsi surprise à écouter les conversations d'adultes à la porte, j'étais chassée; parfois à coups de taloches bien douloureuses.

Elle dit à ses frères et sœurs cette phrase qui resta gravée dans ma mémoire jusqu'à ce jour : « Ne critiquez pas mon choix quand vous ne comprenez pas mes raisons. »

C'était difficile et douloureux pour nous de quitter nos proches, mais les raisons pour lesquelles ma mère décida de nous emmener loin, mon frère et moi, étaient nobles. Nous ne pouvions plus seulement vivre de la pêche, de la chasse, et des champs. Nous ne connaissions pas l'électricité; nos maisons étaient faites de terre battue; lors des fortes pluies, nous nous retrouvions dans la boue. Il fallait parcourir des kilomètres à pied pour se rendre à l'école, au dispensaire et à toutes autres commodités. Cela devenait difficile pour ma mère, qui en plus voulait trouver une vie stable et retrouver notre père.

De plus, l'arrivée des blancs dans le village pour l'exploitation massive du bois avait en quelque sorte entraîné une petite rébellion chez les habitants. Il fallait des jeunes instruits et capables de défendre la cause et les intérêts du village. Une partie de nos terres avait été vendue par les plus forts, les plus faibles notamment ceux qui ne savaient pas parler français étaient chassés de leurs terres, et ne sachant quoi faire ils migraient au cœur de la forêt pour s'y établir à nouveau. Le village perdait son souffle.

Nous étions un nombre important à partir. Ceux qui avaient des économies empruntaient le train, et d'autres la voie terrestre qui était la plus dangereuse. Mais nous, nous n'avions aucun autre moyen de transport sûr à part le train.

3

Une autre vie

Une fois en ville, j'ai été inscrite dans une école primaire catholique en deuxième année du cours élémentaire. L'adaptation n'a pas été facile pour moi. J'avais encore des traces du village en moi; et sur mon corps, des cicatrices laissées par les fourous, une sorte de petites puces qui semaient la terreur sur nos corps infantiles au village. Tout ceci faisait parfois de moi l'objet des moqueries de certains de mes camarades qui eux avaient grandit en ville. En plus de cela je n'appréciais pas beaucoup le fait qu'on nous enseignait la culture des blancs et non celle de chez nous. On nous enseignait le français et la colonisation des peuples noirs, mais on ne nous enseignait pas nos coutumes.

Le temps passa et je réussis à intégrer un petit groupe d'enfants. Nous étions tous de coutumes et de nationalités différentes. J'ai commencé à me demander comment mes camarades de nationalités différentes étaient venus jusque dans mon pays. Pour la plus part, ils étaient nés au pays et pour d'autres, le voyage était traumatisant. Les mois passèrent et les prêtres nous imposèrent un uniforme blanc et jaune afin que nous puissions désormais former une seule classe sociale dans laquelle riches et pauvres, villageois et citadins se confondraient. Au cours de chaque récréation, je me tenais dans la cour, je suivais du regard ceux de mon âge qui jouaient et m'invitaient à leurs jeux. Je n'avais pas vraiment connu cette vie. Moi mes temps de distraction étaient lorsque je regardais mon grand-père raconter des histoires de son jeune âge autour d'un feu et dans un hangar. Le reste du temps, j'allais à l'Ogooué ou en brousse avec ma grand-mère, mes tantes et ma mère.

Plongée dans mes pensées, je revoyais encore la mère spirituelle dans la forêt jusqu'au moment où j'entendis au loin une voix qui m'appelait pour rejoindre la classe. Cette voix était celle de mon camarade Bouka, il me rappela que la sonnerie annonçait la fin de la récréation. Bouka était d'une autre nationalité, il avait fui avec sa mère la crise politique qui avait entraîné la guerre dans son pays, causant plusieurs morts dont celles de son père et ses frères.

Au fil des années, mes habitudes villageoises ont commencé à changer, lorsque ma grand-mère venait à la capitale pour nous rendre visite, je lui montrais des brochures de la Sainte Vierge Marie. Elle me disait souvent que j'étais entrain de perdre mon identité. Même notre alimentation avait changé.

Le temps passa, les années s'écoulèrent, j'avais bien grandi. À la capitale j'avais bien avancé dans mes études et fait un parcours sans faute. Bien qu'ayant un léger retard j'étais en classe de terminale scientifique série D à vingt-deux ans. De tous mes camardes de l'école primaire, Bouka était le seul avec qui j'avais étudié jusqu'en classe terminale. Cela faisait plusieurs années que je n'étais plus retournée au village. Je pensais devoir travailler dur cette année-là afin de réaliser mon rêve : devenir mannequin international et aller vivre à l'étranger.

Obtenir mon baccalauréat et une bourse d'étude internationale étaient pour moi la seule issue pour pouvoir rendre un jour ma condition et celle de ma famille meilleure. J'avais cette soif d'une vie meilleure; je ne voulais plus connaître la souffrance du village; nous n'avions, par exemple, toujours aucun dispensaire dans notre village jusqu'au début des années 2000.

Ma mère était contre mes aspirations. Elle voulait que je fasse des études de médecine et que j'aille ainsi ouvrir un dispensaire dans le village pour venir en aide à ceux qui y vivaient encore et n'avaient pas accès aux soins médicaux. Le choix de ma voie, après mon diplôme n'étant pas celui de ma mère, un désaccord se créa et s'envenima entre nous. Nous ne partagions plus les mêmes centres d'intérêts, et elle ne pouvait pas me comprendre. Moi je rêvais d'une vie luxueuse sous les feux des projecteurs; elle me rappelait sans cesse que je devais être une valeur ajoutée pour le village et que je ne devais détruire la vision de Libalaboumoanda, mon grand-père.

Beaucoup d'événements survinrent dans cette même période et tout pour moi ne devint qu'une simple illusion. En effet, ce fut l'une des années les plus difficiles de ma vie. Après l'obtention de mon diplôme au second tour, je ne pu bénéficier d'une bourse de coopération car je n'avais pas les moyennes nécessaires dans mes bulletins de notes.

Finalement inscrite à la faculté de médecine de la capitale, la bourse mensuelle que j'avais obtenue n'était que de quatre-vingt mille francs; insuffisants pour envisager un éventuel départ vers l'occident. Par le canal d'une amie, j'ai tout de même pu prendre part à un casting; une agence de la place se lançait dans le domaine de la mode. J'avais été retenue par l'agence, et cette nouvelle ne ravit pas ma mère. Mais son avis m'importait peu, car pour moi c'était le début de la vie dont j'avais toujours rêvé. J'avais besoin de me faire un peu plus d'argent, alors j'ai saisie l'opportunité.

J'avais à peine commencé ma carrière dans le mannequinat que les choses ne tardèrent pas à se compliquer pour moi. En fait, j'ai dû faire face à certaines réalités propres au milieu de la mode; faire marche arrière était une option inimaginable; il me fallait donc m'armer de courage en plus de ma détermination. En effet, nous étions exposées à plusieurs vices tels que l'alcool, la drogue, les placements et encore plus. Rien ne m'obligeait à continuer dans cette voie, mais le goût du luxe: l'argent facile et la célébrité m'y poussait, me tenait et m'y retenait. Je ne voulais pas renoncer au train de vie que j'avais. Tous mes rêves d'enfance et ceux de ma mère de me voir un jour devenir médecin n'étaient plus que de simples chimères. La mode était devenue mon monde; elle était devenue la seule chose qui m'obsédait; je voulais ressembler à ces filles qu'on voyait à la télé sur des grands podiums. Je ne pensais même plus à mes études universitaires, je n'allais plus en cours, bien que je fusse pourtant une brillante étudiante.

Malgré la petite côte de popularité que j'avais, j'étais restée fidèle à mon amitié avec Bouka, il était mon confident. Je savais que je rendais ma mère et mon ami malheureux. J'essayais de compenser la déception de ma mère par les multiples cadeaux que je lui offrais; mais elle ne les acceptait pas, disant que cela était gagné au prix de mon corps et qu'elle ne voulait pas que je suive ce chemin. Elle me demandait de prendre exemple sur mon frère qui, face à la difficulté de notre vie, avait préféré écourté son cursus scolaire pour entrer dans l'armée; ceci afin d'aider fiancièrement maman à s'occuper de nous. Maman me rappelait sans cesse que mon frère était un modèle, qu'il était un père pour notre famille.

Un jour, une forte dispute éclata entre ma mère et moi. Je l'accusais d'être une mauvaise mère, et lui reprochais le départ de notre père qui nous avait abandonnés au village lorsque nous étions encore des enfants.

Elle me dit que mon père était un ivrogne, qu'il la battait tous les jours, qu'il avait été banni du village par mes oncles le jour où il faillit la tuer; et que c'est depuis ce jour-là que nous n'avons plus eu de ses nouvelles.

Mon frère en rentrant de son travail entendit des cris et des éclats de voix entre maman et moi. En entendant les mots que j'adressais à maman, il ne put contenir sa colère et, s'emportant, il se jetta sur moi et se mit à me frapper. Ses coups étaient écrasants et ses giffles étaient si incisives que j'eus le visage défiguré. Sur le vif, je crus qu'il allait me tuer; et dans un geste de survie, je réussis à m'extirper de ses mains, à le pousser et à m'enfuir en pleurs sans regarder derrière moi. Maman essaya de me rattraper, mais il était déjà trop tard: ma douleur, tant morale que physique, m'avait déjà menée loin, bien loin, très loin même.

Trois mois étaient passés depuis ma fugue de la maison familiale et je n'avais toujours donné aucune nouvelle de moi à ma mère, encore moins à mon frère. Je m'étais installée avec Saphira, une amie que j'avais rencontrée lors d'un défilé. Le courant était très vite passé entre Saphira et moi. Elle était très jolie de face et m'avait tout de suite apprécié. Sa gentillesse m'avait conquise. J'avais abandonné mes études de médecine pour me concentrer sur ma carrière de Top-modèle.

Saphira venait de fêter ses vingt-six ans et moi j'en avais déjà vingt-quatre. Elle habitait toute seule dans un appartement luxueux de trois chambres dans un quartier résidentiel au coeur de la capitale. Le soir de ma fugue, ne sachant pas où aller, je m'étais instinctivement rendue chez elle. Sur place, elle m'avait gentillement accueilli et m'offrit l'hospitalité. Je passais cette nuit là chez elle. Au levé du jour, elle me convainc de changer mes numéros, et d'oublier mon passé, ma mère et mon frère: « À présent je serai ta seule famille Tsayi.» Me dit-elle en me prenant dans ses bras.

En effet, pendant trois mois, je n'ai participé à aucune des dépenses de la maison. Je mangeais à ma faim et parfois même des plats dont je n'avais jamais connu l'existence et le nom jusqu'à ce moment-là : foie gras, saumon, etc. Je dormais dans une chambre climatisée, lorsque je me levais le matin la bonne de service avait déjà tout apprêté. Ma copine me donnait de l'argent de poche, et lorsque je n'avais aucune prestation je devais me contenter de ce que Saphira me donnait. Tout ceci me rendait heureuse et m'aidait à croire en mon rêve.

La seule condition pour rester chez Saphira, était de ne jamais lui poser de questions à son sujet et sur tout ce qu'elle faisait. En effet, parfois tard dans la nuit, elle sortait de la maison et ne revenait qu'à cinq heures du matin. Au début je me suis dit qu'en dehors du mannequinat, Saphira travaillait aussi comme serveuse dans une boîte bien connue de la place. Mais ce n'était juste que le fruit de mon imagination.

Un jour, je me suis levée, la table était faite mais devant mon couvert Saphira m'avait laissé un mot : « Je ne rentrerai pas avant trois jours. Tu trouveras un pli pour tes besoins dans le vase à côté du meuble de la télé. »

Ce fut la première fois que je me retrouvais seule dans la maison pendant plus de vingt-quatre heures. Je trouvais mon amie de plus en plus mystérieuse, mais je n'avais aucun autre endroit où aller. J'avais souvent pensé retourner chez ma mère, mais je ne voulais pas replonger dans cette misère ; même si c'est bien dans cette misère-là que j'avais eu mon baccalauréat scientifique. J'étais devenue orgueilleuse et matérialiste.

Trois jours après Saphira était de retour à la maison. Elle était revenue avec beaucoup d'argent. S'étant assise, elle inspira et expira trois fois avec un air de nervosité lisible sur son visage. Puis, prenant la parole, elle me dit :

— Tsayi.

— Oui, Saphira.

— Voici maintenant trois mois que je te loge chez moi et que je m'occupe de toi; mais tu ne t'es jamais demandée où je trouve tout cet argent que je te donne? Et aussi comment je fais pour avoir le luxe dans lequel nous vivons ici toutes les deux? Pourtant nous exerçons le même métier et savons très bien que le marché en ce moment est très concurrentiel.

— Bien sûr que si, Saphira; je me suis sans cesse demandée en moi-même comment peux-tu bien gagner autant d'argent. Mais je me disais que sans doute tu as été chanceuse et tu aurais déniché un petit boulot bien rémunéré. Je t'en serai d'ailleurs très reconnaissante si tu me recommandais également à ton employeur.

— Je ferai bien plus que ça ma petite: considère à partir de maintenant que tu fais partie de mon cercle de travail.

— Ô merci ma copine! Je t'en serai reconnaissante toute ma vie.

Puis Saphira me demanda de venir me doucher avec elle. Elle voulait que je l'accompagne prendre un verre et ce soir-là, elle voulait s'occuper de moi. Je ne savais pas trop ce qu'elle voulait, mais j'étais surexcitée de sortir avec Saphira et de rencontrer ses amis. Je m'imaginais qu'elle devait sûrement me présenter à un de ses chics amis. Nous nous sommes douchées, elle m'a dit que la soirée devrait commencer entre nous car il y avait un événement à célébrer. Je me demandais bien quel était cet événement. Ce soir, nous avions bu à la maison une demi-bouteille de liqueur. Quelques heures plus tard aux environs d'une heure du matin, Saphira me dit qu'il était tant qu'on y aille. J'étais fatiguée, mais pas du tout saoule et Saphira voulut qu'avant de nous rendre à cette soirée nous puissions nous droguer. On l'a fait, parce que j'étais déjà une habituée mais ce soir elle m'initia à la cocaïne. Je me suis sentie tellement légère et dans un autre monde; j'avais l'impression d'être le centre du monde. Nous sommes arrivées dans un quartier huppé de la capitale, nous avons franchi de grands portails.

Avant même d'arriver à la villa, tout le monde était vêtu de noir, sauf moi. Saphira avait choisit elle-même ma tenue, une robe courte de couleur rouge sang. Elle marmonna dans mon oreille « ce soir tu es la star, lâche-toi ». A peine entrée dans le salon tout le monde s'est levé pour m'accueillir comme une reine. Parmi les invités figuraient trois autres mannequins très connus dans la capitale, notre patronne et d'autres personnes qui m'étaient inconnues. On nous a servi à boire, du vin rouge. Peu après, celui qu'on m'avait désigné de loin comme le propriétaire des lieux exigea que je monte sur le podium afin de défiler pour lui. Je me suis empressée de le faire, puisque c'était ma passion. Arrivée à la troisième heure de la nuit, le propriétaire des lieux s'approcha de moi, tenant entre ses doigts une lame de rasoir. Il se déchira lentement la peau et me demanda de boire de son sang. Je devais en retour également prendre la lame de rasoir, me déchirer la peau et le laisser également boire de mon sang.

À cet instant-là, les paroles de conseils et d'avertissements de ma mère retentirent dans ma mémoire et dans mon coeur qui battait comme le tambour qui rythme la danse Mbudi dans la nuit. En effet, avant que je ne quitte la maison, ma mère proclamait jour et nuit une parole que je ne comprenais pas jusqu'à lors. Elle disait à haute voix durant ses prières : «Le sang de Jésus environne ma fille et la protège de tout danger. Le sang de Jésus parle pour Tsayi hier, aujourd'hui et demain. Au nom de Jésus!»

Le corps pétrifié par l'injonction du propriétaire des lieux, les lèvres tremblantes et les yeux en larmes, je regardais mon amie en lui demandant: «Saphira, pourquoi?»

Saphira, sans détourner son regard du mien s'avança lentement jusqu'à moi, posa sa main sur mon épaule et me chuchota à l'oreille: «Tsayi, pour savoir comment marcher dans la vie, il faudrait d'abord connaitre l'origine de la vie. Voici, ma petite Tsayi, la seule opportunité que tu as pour réaliser tous tes rêves et t'offrir la vie que tu as toujours voulu avoir. Tsayi, dans le monde que je t'invite à rejoindre tu pourras tout contrôler ; pour aller loin dans ta carrière tu dois savoir comment ça fonctionne et voici mon secret. »

Je n'en revenais pas, je ne savais quoi faire, je ne savais où mettre mes idées, j'avais besoin de ma mère, je ne voulais être qu'à un seule endroit : auprès de ma mère. Mes pensées se bousculaient dans tous les sens, mon cœur battait toujours plus fort, et dans un souffle haletant, une force soudaine m'aida à dire d'une voix forte : « Non ! Non, je refuse de faire partir de votre secte. »

Après cela, ce fut le trou noir dans ma tête. Je me réveillais le lendemain matin chez Saphira, dans ma chambre ma nuisette sur le corps. Saphira était déjà debout et à table. Lorsque je sortis de ma chambre pour prendre le petit déjeuner, je racontais à mon amie ce que je pensais alors être un rêve, car persuadée que s'en était effectivement un.

Au fil de la narration de mon rêve, Saphira entra dans une colère vive :

— Tu m'accuses de sorcellerie, c'est ça? Me dit-elle en frappant ses mains sur la table. Moi qui ai été là pour toi lorsque ta mère t'a rejetée; moi qui t'ai accueillie lorsque tu n'avais rien. Ajouta-t-elle.

J'essayais de faire comprendre à mon amie que ce n'était qu'un rêve, mais elle s'acharna sur moi toute la matinée jusqu'à midi pour enfin m'intimer l'ordre de partir de chez elle. Je quittais donc la demeure de Saphira sous un ciel orageux en début d'après midi. N'ayant pas où aller, je la supplia de revenir sur sa décision mais elle ne voulut rien entendre. Elle reprit tout ce que j'avais acquis avec l'argent qu'elle me donnait jusque là : bijoux, téléphone, vêtements et chaussures. Je n'avais sur moi que la nuisette avec laquelle je m'étais levée du lit ce jour-là.

La vie venait de m'apprendre une leçon: tu peux habiter dans un château, mais si les fondations de ta résidence ne sont pas solides, il suffira du passage d'un simple vent pour tout détruire et l'emporter.

4

La chute

C'était un samedi 23 mars, que mon amie m'avait chassée de sa demeure. Je m'étais retrouvée seule dans la rue, marchant et pleurant sous une forte pluie. Des personnes à bord de leurs véhicules m'éclaboussaient. Après avoir marché pendant une bonne heure sous cette pluie battante, je levais la tête et je vis en face de moi une église. Sans trop savoir ce qui pouvait m'y attendre, j'allais vers la porte de cette église et je frappais. La porte s'ouvrit et une religieuse, toute de blanc vêtue, se tenait à l'intérieur. Sans attendre la moindre question de sa part, debout, dehors, fouettée par la pluie et le vent, je lui racontais ce qui venait à peine de m'arriver. Sans attendre la fin de mon histoire, elle entrouvra grandement la porte et, d'une tendre voix, m'invita à entrer. Je lui fis entendre que je n'avais plus aucune famille et que j'étais désormais seule au monde. Elle me montra une douche dans le hall d'accueil, m'y apporta une serviette pour me sécher, une longue robe pour changer la nuisette que j'avais toujours sur moi, ainsi qu'un pantalon et un gillet pour me réchauffer du froid qui commençait déjà à me faire grelotter. Elle m'expliqua que, plus tôt dans la matinée, une chrétienne de l'Eglise était passée déposer un sac de vêtements propres comme don aux orphelins; c'est de ce sac qu'elle avait pu tirer les vêtements de rechange qu'elle venait de me donner: «Ton corps est le temple de Dieu ma fille. Ne l'expose pas n'importe comment.» Rajouta-t-elle en refermant la porte de la douche. À ses mots et sa manière de s'en aller lentement, on croirait entendre Elisabeth, ma mère.

Après plusieurs longues minutes passées dans la salle de bain pour me ressaisir de ce que je venais de vivre et aussi pour me changer, je finis tout de même par sortir pour ne pas que la religieuse s'inquiète. Lorsque je sortis, elle m'invita à la salle à manger, me fit prendre place à table à ses côtés et me servit une soupe pour me réchauffer. Pendant que j'avalais lentement chaque cuillère de la soupe en y soufflant pour diminuer sa forte chaleur, elle me parlait de Jésus-Christ. Je trouvais son discours très ennuyeux; du coup, je laissais mes pensées divaguer sur mon apparence, sur le tissage de couleur blonde que j'avais sur la tête et qui était tout trempé; il n'y avait aucun séchoir pour me sécher la tête. Et pendant que je m'inquiétais sur ce que je devais porter le lundi prochain pour me rendre aux training, la bonne sœur n'arrêtait pas son discours qui tournait sans cesse autour de « Dieu t'aime ma fille. » Je bougeais juste ma tête de haut en bas pour feindre d'acquiescer ses propos, ajoutant des « Hum-hum » et des « amens » de temps en temps. Elle m'expliqua que, si après la kyrielle de problèmes que j'avais connue, la première maison vers laquelle Dieu me guida était Son église, cela repésentait un signe non négligeable. Elle m'ennuyait, mais en même temps elle me rappelait ma mère.

Elle m'invita à passer une première nuit dans leur dortoir; puis j'en passais une deuxième, une troisième, jusqu'à la fin de la semaine.

Le dimanche venu, je mentis que j'avais une violente douleur au bas du ventre, et la religieuse m'apporta mon petit déjeuner dans la petite chambre à laquelle elle m'avait affectée. Je trouvais cette pièce bien petite, comparée à celle que j'avais chez Saphira. La pièce n'était ni climatisée ni ventilée. C'était la pire nuit que j'avais passée après presque quatre mois loin de la maison de ma mère, où le confort était d'ailleurs nettement meilleur que celui de cette église. Mais je n'avais pas le choix, c'était ça ou la rue. Je n'arrêtais pas de me couper les cheveux en deux pour savoir ce que je devais me mettre sur le corps pour mes trainings, je n'avais aucun vêtement de mode, ni de talons, ni de trousse de maquillage; rien pour être présentable. C'est alors que je me souvins de Magalie.

J'avais rencontré Magalie dans un snack lors d'une sortie entre filles organisée après un training. On s'entendait bien, on parlait régulièrement de nos défilés;

et il nous était déjà arrivé de programmer quelques sorties ensemble. J'avais son numéro en mémoire, mais comment allais-je pouvoir la joindre sans téléphone ? Saphira m'avait tout pris. La seule option était d'attendre le retour de la religieuse, et trouver un stratagème pour lui emprunter son téléphone portable.

Vers une heure de l'après-midi, on frappa à ma porte, c'était ma bienfaitrice qui revenait de la messe. Je me mis de suite à jouer le jeu de la fille totalement abattue, afin qu'elle ne me résiste pas.

— Ma sœur, vous tombez bien, je ne sais comment vous remerciez pour tout ce que vous avez fait pour moi. Cependant, sans vouloir abuser de votre gentillese, j'aimerais encore vous demander un service, s'il vous plait.

— Vas-y mon enfant; parle, je t'écoute.

— Vous savez, j'ai tellement réfléchis cette nuit, et je me suis dit que si mon amie avait réagit de la sorte, c'est peut-être parce que je l'ai offensée et j'aimerais lui présenter des excuses.

J'y ajouta quelques sanglots; et des perles de larmes de crocodiles s'échappèrent de mes yeux.

— Ne pleure pas mon enfant, Jésus t'aime et Il t'a pardonnée. Que veux-tu que je fasse pour toi?

« Religieuse idiote! Il était où ton Jésus quand Saphira a fait de moi une princesse déchue ? Mais je compte bien le lui faire payer à cette petite mégère. Elle ne peut pas me servir à manger et à boire dans des couverts en or et se débarrasser de moi aussi facilement. » Pensai-je en moi-même.

— Je voudrais lui passer un coup de fil, mais comme vous le savez je n'ai plus de téléphone.

— D'accord mon enfant, un instant je vais à mon bureau prendre mon téléphone.

Cette bonne sœur est vraiment idiote; me dis-je en moi-même.

— Merci ma sœur, puisse Dieu vous rendre au centuple ce que vous faites pour moi.

Téléphone en main, je composais le numéro de Magalie; la sœur me laissa seule. « Comme elles sont bien dressées les bonnes sœurs!

elles respectent même l'intimité des honnêtes fidèles.» Pensai-je en étouffant un fou rire moqueur.

Le téléphone sonna et Magalie décrocha :

— Oui, Allo ?

— Bonjour Magalie. C'est Tsayi.

— Â Tsayi ! comment vas-tu ? Tu as changé de numéro de téléphone ?

— Ce n'est pas la grande forme mon amie. Je passe par une situation extrêmement difficile, je sais que tu vis en couple, mais j'ai vraiment besoin de toi Magalie. Puis-je venir passer quelques jours chez toi s'il te plait ?

— Mais bien sûr Tsayi, il n'y a pas de soucis. Vu que mon conjoint est en déplacement pour quelques jours, cela ne pose aucun problème. Viens dès que tu peux, tu vas pouvoir te poser ici et comme ça tu me diras tout ce qui ne va pas.

— Ô grand merci ma copine ! Tu ne peux pas savoir combien ta réponse est une bouée de sauvetage pour moi. Je serai chez toi tout à l'heure, le temps de partir du couvent où j'ai passé les dernières nuits.

— Un couvent ? S'exclama Magalie.

— Je te raconterai tout dans les moindres détails ma copine.

— J'y compte bien Tsayi. À tout à l'heure.

— Ça marche.

Une fois la conversation avec Magalie terminée, je me demandais comment j'allais faire pour convaincre la bonne sœur de me donner mille francs; ce qui serai parfait pour prendre un taxi en course de l'église jusque chez Magalie. Je ne pouvais pas marcher dans cette tenue ideuse, personne ne devait me voir vêtue de la sorte.

Je me levais donc de mon lit et sortis à la rencontre de la religieuse qui avait rejoint les autres religieuses dans le petit séjour ou elles regardaient ensemble la télévision. Quand elle me vit dans le couloir, elle se leva pour venir à ma rencontre :

— Ma fille, comment votre conversation s'est elle passée avec ton amie ? A-t-elle accepté tes excuses ? A-t-elle compris ?

— Oui, ma sœur, merci encore. Tout s'est entièrement bien passé. Mon amie ma pardonnée et a promis de venir me voir ici demain.

— Ô gloire à Dieu! C'est bien ma fille; ta décision a été très courageuse; c'est ce que Dieu attend de chacun de nous.

— Si je puis me permettre ma soeur, j'ai un autre souci. Je suis un peu gênée d'en parler.

Je marmonais mes mots en me tenant le bas ventre et en crispant mon visage et mes lèvres.

— Qu'y a-t-il ma fille? Me demanda-t-elle en baissant légèrement la voix et en m'attirant un peu plus loin de la portée des autres religieuses. Parle sans crainte et sans honte ma fille. Ajouta-t-elle.

— Au fait ma soeur, je pense que le stress de ces derniers jours a perturbé mon cycle menstruel et mes règles sont arrivées plus tôt que prévu. Pourriez-vous me trouver un peu d'argent, ne serait-ce que mille francs, s'il vous plaît; juste de quoi m'acheter des serviettes hygiéniques.

— Mais bien sûr ma fille! s'exclama-t-elle en murmurant. Ne te fais pas de mal pour cela mon enfant, ajouta-t-elle. Toutes les nuits passées, je n'ai cessé de prier le Seigneur Jésus-Christ pour toi, mon enfant. Et je reste confiante, car je sais qu'il va t'aider à t'en sortir. Attends-moi ici.

Elle se rendit d'un pas alerte dans son bureau et revint aussitôt avec la paume de la main serrée et refermée. Sans ouvrir sa main, elle prit ma main, y déposa le billet et referma ma main sur le billet, comme s'il lui était interdit ce qu'elle offrait :

— Tiens ma fille, Voici de quoi prendre tout ce dont tu as besoin pour te mettre à ton aise durant ta période menstruelle. À ton retour de la supérette, je monterai te voir dans ta chambre, nous allons prier et bénir le Seigneur pour ta vie et pour le cœur de ton amie qu'il a su toucher.

— D'accord ma sœur, répondis-je avec un large sourire et des yeux lumineux qui venaient de constater qu'elle m'avait donné, non pas mille mais cinq mille francs. Je vous ferai signe quand je me serai douchée et changée. Rajoutai-je.

— Très bien ma petite; vas maintenant. Je t'attends. Me répondit-elle.

En traversant le couloir qui mène à ma chambre, je ne pouvais m'empêcher de m'exclamer en moi-même :

— Ô là ! Cette sœur gobe tout ce qu'on lui raconte sans la moindre intelligence. En moi-même, je me moquais d'elle et de toutes les religieuses. Je lui remercie d'avoir prié pour moi et de vouloir encore prier avec moi, mais moi, je lève l'ancre de cet endroit où je ne peux même pas casser une clope.

Après quelques minutes dans ma chambre pour essayer de donner un peu d'allure à mon accoutrement, je sortis de ma chambre en direction de la route. Une fois dehors, je saluais deux religieuses qui marchaient en discutant dans le jardin.

Je marchais sur environs 400 mètres en direction de la supérette; mais dès que je ne fus plus à portée de vue des deux religiseuses, je stoppais un taxi et pris la route pour me rendre chez ma copine Magalie.

Le trajet dura à peine 15 minutes. Une fois la porte de la maison ouverte et que je vis Magalie, je fondis en larmes. Magalie me prit dans ses bras et la première des choses qu'elle me tendit était un bâton de cigarette pour me faire déstresser. Je lui racontais ce que m'avait fait Saphira et lui expliquais que cela était arrivé juste après lui avoir raconté mon rêve de la nuit précédente. Pour Magalie comme pour moi, tout cela n'avait pas de sens; mais elle me disait qu'elle ne pouvait pas me laisser dans la rue. En attendant que je trouve un endroit, elle acceptait de m'héberger deux mois. Passer ce délais, cela deviendrait impossible car elle préparait son départ pour l'Europe. Elle disait que les conditions de vie au pays étaient de plus en plus compliquées; que le marché professionnel était devenu un lieu de concurrence entre hommes et femmes. Pour avoir accès aux primes et meilleurs salaires, les femmes devaient baisser leurs strings auprès du Directeur Général et les hommes devaient devenir des femmes pour assouvir les plus basses envies des maîtres de ce milieu qui allaient en nous dévorant jour après jour, défilé après défilé.

J'écoutais Magalie avec beaucoup d'incompréhension. Au fond de moi je me disais : « Mais, ma chère Magalie, de quoi te plains-tu ? Tu as un travail bien rémunéré, une maison et en plus tu envisages te rendre en Europe. » Je l'enviais et je trouvais qu'elle exagérait dans sa description du milieu de la mode et de la société en général. Je me dis qu'elle avait juste envie de gagner plus et grandir dans le milieu, et pour cela il fallait qu'elle trouve bien des motifs pour justifier ses positions.

Magalie me prêta quelques vêtements et me dit clairement que je devais aussi participer aux charges de la maison. Elle insista qu'il fallait que je trouve un emploi en dehors du mannequinat ;

car nous savions très bien que c'était un milieu qui ne rapportait plus grand chose, pour ne pas dire rien du tout. Après un défilé, on pouvait avoir un cachet allant de quinze à cent mille francs. Et dans le mois nous pouvions avoir deux à trois prestations et parfois aucune. Les choses se compliquaient pour moi, mais il fallait que je trouve une solution.

Le lundi je m'apprêtais pour les trainings : j'avais enfilé l'une des tenues que Magalie venait de me prêter et une paire de ses escarpins. Magalie était différente de Saphira, elle avait des vêtements couverts et classes. Elle me donna en plus cinq mille francs pour mes besoins divers et pour le taxi.

Arrivée à la résidence où l'on faisait nos entrainements, Saphira arriva avec notre patronne. Cette dernière me convoqua dans son bureau, me parla longuement et me blâma de toutes sortes de manières en me rappelant des fautes que j'avais commises depuis trois mois ou depuis plusieurs semaines; et me peignait dans un portrait dans lequel je ne me reconnaissais pas du tout. J'avoue que je ne comprenais absolument rien de tout ce qu'elle me disait. Mais je me demandais sérieusement pourquoi j'avais rêvé d'elle et Saphira. Après m'avoir copieusement insultée et rabrouée à chaque fois que j'essayais de placer un mot, elle termina son propos avec cette phrase : Tu ne corresponds plus aux critères de la boîte.

Le ciel venait de me tomber sur la tête. Je ne comprenais pas ce qui m'arrivait. Triste et en larmes, tête baissée, je pris la direction de la porte de sortie. Je ne comprenais rien à tout cela: pourquoi ma vie devenait-elle un calvaire? Pourquoi depuis une semaine tout s'écroulait autour de moi? Pourquoi le milieu professionnel qui faisait mes rêves depuis toute petite au village me rejettait aujourd'hui? Pourquoi les portes se fermaient-elles une à une devant moi? Dans cette kyrielle de questions sans réponses qui se bousculaient dans ma tête et qui pressaient mon cœur comme pour le faire éclater, j'avais besoin de m'échapper. Fuir pour cacher ma honte et pour pleurer. Fuir le regard haineux de Saphira qui esquissa un sourire narquois en me voyant sortir du bureau de la patronne, complètement démolie. Il fallait que je parte pour éviter d'exploser en sanglots ou de colère en ce lieu. Je désirais fortement entendre la voix de ma mère, mais j'étais trop fière pour revenir sur mes pas. Je voulais à tout prix réussir; et dans la situation que je vivais, j'étais prête à payer n'importe quel prix pour avoir une vie meilleure.

De retour à la maison, j'attendis le retour de Magalie pour tout lui expliquer. Cette dernière sans trop réfléchir me dit qu'il fallait que j'aille me faire laver le corps.

Deux semaines passèrent et rien dans ma misère et dans mon calvaire n'avait changé; je commençais à toucher le fond financièrement, physiquement et même émotionnellement. Magalie insistait chaque jour et chaque soir pour que j'aille me faire laver le corps. Elle me rassurait en disant que je n'avais pas à avoir peur, car elle-même le faisait régulièrement et était une initiée dans ces pratiques. Je me souvins que Dami, ma grand-mère, m'avait parlée de ces pratiques et me les avait interdites. Mais à ce moment précis de vie, ce lavement dont j'ignorais les procédés, les conditions et les implications réels, se présentait à moi comme la seule source qui étancherait ma soif d'une vie meilleure.

— Que faut-il faire pour ce lavement, Magalie? Demandai-je à mon amie.

Comme si elle s'y attendait, elle sortit de sa poche un morceau de papier qui contenait une liste. Elle me donna la liste.

— Mais Magalie, où vais-je trouver l'argent pour acheter tout ce qu'il faut? M'étonnai-je en découvrant la nature farfelue et improbable des éléments constitutifs de la liste.

— Ne t'inquiète pas Tsayi. Je vais financer tout ce qu'il faut. Me répondit-elle

— Ô grand merci Magalie. Je ne sais pas comment te remercier ? Tu es si bonne avec moi.

— Il n'y a pas de quoi Tsayi. Je suis sûre que tu aurais fais la même chose pour moi. Alors, je n'hésite pas.

5

Le voyage

Nous étions enfin prêtes, Magalie avait tout acheté et moi, je devais juste emmener mon corps. nous étions allées sur la route nationale, au domicile de l'une de ses mères spirituelles.

Tout cela était nouveau pour moi. Ma soif d'une vie meilleure me poussait à vaincre mes préjugés et mes peurs. J'avais le choix: retourner chez ma mère et reprendre mes études de médecine; ou de continuer dans cette vie qui me menait sur un autre chemin. Le choix que je fis était de poursuivre ce que je qualifiais d'idéal.

Arrivées au lieu-dit, il fallut se déchausser avant d'entrer dans le hangar qui servait d'autel à la mère spirituelle. À ma grande surprise, nous étions nombreuses et nous n'étions que des femmes. Au fond de mon cœur je commençais à avoir des préjugés et j'étais surprise car la fiancée de mon frère s'y trouvait aussi. Honteusement, lorsque nos regards se sont croisés, nous avons toutes les deux baissés nos têtes. Personne ne pouvait trahir le secret de l'autre, nous n'avions peut-être pas les mêmes motivations, mais nous étions toutes les deux coupables d'être au même endroit.

Nous avons été réparties en deux groupes, un groupe de celles qui voulaient avoir de la chance et faire briller leurs étoiles et un autre pour celles qui venaient attacher leur conjoint. Et ma belle-sœur rejoignit le deuxième groupe. Je ne savais que faire, rien qu'à penser que cette fausse chrétienne venait dans cet endroit pour attacher mon frère, alors qu'elle avait passé une bonne partie de son temps à dire que Dieu était au centre de son foyer. Quelle abomination ! Moi au moins j'assumais mon choix.

Nous avions pour deux semaines, la première semaine était pour le bain de purification, nous devions nous débarrasser de nos malchances, et nous confesser. La deuxième semaine était réservée au bain d'attirance et de chance après cela ma vie était censée être différente. J'avais à l'esprit ce que ma belle-sœur faisait de l'autre côté, et j'avais fait un vœu ce jour (tellement elle m'obsédait); je me suis surprise en train de dire: « Mon Dieu, si tu existes vraiment, que le visage de ma belle sœur soit découvert au sortir d'ici et j'irai spécialement à l'église pour te dire merci. »

Après cela, de retour en ville, les choses se passaient plutôt bien pour moi. J'avais eu un emploi fixe en qualité de secrétaire dans un ministère; ma copine Magalie m'avait présentée à un de ses amis fortuné et s'était personnellement investie pour que je sois en couple avec cet homme-là. C'est d'ailleurs lui qui m'avait trouvé cet emploi. Après seulement six mois, j'avais acheté une voiture et je m'étais pris un appartement de luxe à la Saba, un quartier résidentiel de la place.

Le temps était venu pour ma copine de voyager pour l'Europe, et ce jour-là je devais l'accompagner à l'aéroport, c'est grâce à elle que ma vie avait changé et je ne savais comment la remercier; Je l'accompagnais en compagnie de mon collègue Dylan un jeune et beau gosse, mais très croyant qui m'ennuyait de temps en temps avec son Jésus. Sous une pluie torride, nous sommes allés à l'aéroport, il n'habitait pas très loin de moi et comme il pleuvait fort ce jour, je me suis proposée de le raccompagner. Le pauvre, il avait un Master et n'était que simple stagiaire. Moi avec mon statut de secrétaire et un salaire d'un million et deux cent mille francs je le narguais souvent. Et il me disait sans cesse que j'étais une perle de prix pour Jésus et qu'il était mort à la croix pour moi.

Une fois à l'aéroport et les aurevoirs faits, j'étais triste de voir celle qui avait allumé mon étoile s'en aller. Sur le chemin du retour, après avoir déposé mon collègue, la pluie devenait de plus en plus forte et je n'y voyais rien. Mon amant Sam m'appela pour me demander des photos sexy et me chauffer sous la pluie. Il ne voulait pas attendre que je rentre chez moi. Une voiture en face de moi me mit les pleins phares et je perdis le contrôle de la voiture, et fis un grave accident qui avait failli me coûter la vie.

Six mois plus tard, je sortis enfin de mon coma et celui qui avait veillé à mes côtés pendant tout ce temps c'était Dylan. Il avait vidé toutes ses économies pour payer mes frais d'hôpitaux. Je ne voulais rien savoir d'autre, je voulais juste raconter à Dylan le rêve que j'avais fait. Pour moi j'avais dormi une nuit entière et je me vis flottant dans les airs pendant tout mon rêve, on dirait une personne sans vie, puis une lumière blanche m'apparut et me montra le chemin à suivre. Puis après cela, je me suis posée sur une terre et ce n'est qu'à ce moment que je me suis réveillée. Pendant que mon corps flottait dans les airs, je vis le film de tout ce qu'il s'était passé dans ma vie. C'était comme un voyage.

6

La crise

Un mois passé, Dylan avait vidé son compte bancaire pour ma santé. Tout le monde m'avait abandonné, je lui demandais des nouvelles de notre chef, parceque à travers lui je pouvais revoir Sam, et Dylan me dit que Sam était venu me rendre visite qu'une seule fois, et quand le médecin lui dit que je ne retrouverai plus l'usage de mes membres, il n'était plus jamais revenu.

Et Magalie ? elle n'avait jamais cherché à prendre de mes nouvelles, et pourtant Dylan lui avait parlé de mon accident. « Je suis désolée » est la courte phrase que j'avais pu lire de leur conversation. Si Dylan n'avait pas été là, je serais sans doute morte à l'heure actuelle.

— Dylan ?

— Oui Tsayi.

Tête baissée

— Où as-tu eu tout cet argent pour régler mes factures ?

— Mon Dieu s'appelle Yahwé-Jireh, le Dieu qui pourvoit.

— Laisse un peu ton Dieu! Où était-Il pour me protéger, quand j'en ai eu besoin ?

— Il l'a pourtant fait, il t'a sortie d'un coma artificiel.

Silence.

— Je te rembourserai jusqu'au dernier centime, mais tu ne m'as toujours pas répondue, où as-tu eu tout cet argent ?

— Tu veux vraiment le savoir ?

— Oui, s'il te plait.

— Cet argent je l'ai économisé durant tout mon cursus universitaire, et j'avais prévu ouvrir mon entreprise après mon stage. Et même le stage je n'ai pas pu le terminer, il n'y avait personne pour veiller à tes côtés, alors j'ai dû tout laissé tomber, pour toi. m'annonça-t-il.

— Ô mon Dieu, Dylan je te rembourserai une fois sortie de l'hôpital, j'ai dix millions dans mon compte.

— Tsayi, tu n'as plus rien, tu habitais dans une villa de luxe à un million, l'assurance n'a pas pu prendre tout en charge, dans cet accident il y a eu mort d'hommes. Je devais m'occuper des obsèques et des factures à payer. Sam s'est retrouvé endetté et il a demandé à ce que ton compte soit vidé, il était celui que tu avais mis comme bénéficiaire de toute ton épargne en cas d'accident. Et il n'a même pas pu payer une seule de tes ordonnances.

Tout ceci m'avait coupé le souffle, je n'en revenais pas, qu'allais-je devenir ? J'avais détruit le rêve d'une personne que je ne regardais même pas. Était-ce ça la vie de rêve dont j'avais toujours voulue ? Avant qu'il ne soit trop tard, je voulais me réconcilier avec les miens : ma mère et mon frère.

Cela ne valait pas la peine de partir sans avoir dit à ceux qui me sont chers que je suis désolée.

Dylan m'avait accompagnée sur fauteuil roulant jusque chez ma mère, j'y étais repartie avec un jeans, un pull, et une paire de babouches. Tous mes articles de prix, je les avaient tous perdus. Ma voiture était irrécupérable, mes vêtements de luxe, mes parfums, j'étais revenue au point de départ. Je devais ranger mon orgueil, ma fierté pour me réconcilier.

Arrivée chez ma mère, après deux ans sans nouvelles de moi, lorsqu'elle me vit, elle fondit en larmes. Les lieux avaient bien changé. Mon frère avait agrandi la maison et rajouté des chambres qu'il faisait louer. Ce jour une dispute avait éclaté entre mon frère et sa fiancée. Alors que moi je revenais à la maison, elle quittait les lieux.

J'avais touché le fond, ce que je craignais, c'est ce qui m'arrivait, ce que j'avais redoutée m'avais atteinte. Perdre l'usage de mes belles jambes, mes jambes étaient ce qui faisait mon charme et je ne pouvais plus m'en servir.

7

La Rencontre

Je ne cessais de pleurer tous les jours, Dylan était devenu aide maçon et occupait une des chambres que mon frère avait construite. Sa petite activité lui permettait de participer aux charges de la maison, ma mère rayonnait plus que moi, elle était affermie dans la prière et de temps en temps son pasteur venait à la maison prier avec nous.

Tous croyaient au miracle, sauf moi.

Un soir le pasteur interrompu la prière et me dit que ma guérison se trouvait au bout de ma langue. Son Dieu voulait que je me confesse et que je me libère des chaînes de la servitude. Je ne pouvais pas dire devant ma famille tout ce que j'avais fait pour arriver à cette vie, j'avais trop honte de le faire.

Puis il me dit : « A ceux qui vont consulter les morts, un mort peut-il donner la vie aux vivants ? ».

Je ne comprenais rien à cela, donc je n'y prenais point garde. Puis il rajouta : « En ce jour dit l'Eternel des armées, le clou enfoncé dans le lieu sûr sera enlevé, l'ennemi sera battu et tombera, et le fardeau qui était sur toi sera détruit, car l'Eternel a parlé ».

J'étais la seule à ne rien comprendre, mais ma famille et surtout Dylan était très enthousiaste.

Ce jour le simple fait de voir ma famille heureuse d'entendre ces paroles me rendit aussi joviale, que sans même me rendre compte j'ai commencé à louer leur Dieu. Je n'avais jamais ressenti cette paix au-dedans de moi, je n'avais jamais été aussi légère que ce jour-là.

Dylan et moi étions devenus de plus en plus proches, il partageait la parole de Dieu avec moi, et cela me rendit tellement joyeuse, qu'un jour il m'offrit une Bible et me fit une confidence.

Il m'avait raconté qu'un soir alors qu'il était triste, qu'il se demandait pourquoi il n'avait pas encore trouvé une femme au sein de son assemblée, le Seigneur lui dit qu'il serait le chemin par lequel la femme paralytique trouvera le Salut en Jésus-Christ. Et lorsqu'il apprit à l'hôpital par le médecin, que je ne retrouverai plus l'usage de mes jambes, il comprit alors que le Seigneur lui avait parlé de moi.

Vu qu'il s'était confié à moi et que nous étions devenus des intimes, je lui rendis alors à mon tour mon témoignage. Je lui racontais ma vie dans les moindres détails jusqu'à mon aventure sur la route. Et je ressentis comme un soulagement dans mon cœur.

Il me demanda de faire trois jours de jeûne à sec et de passer du temps dans la prière. Au bout du deuxième jour de jeûne, je fis un rêve qui me semblait être réel, je vis ma copine Magalie entrer dans ma chambre toute brûlée au visage et rendant une de mes serviettes hygiéniques et mon string. Elle me dit ensuite qu'elle avait été brulée par un feu dévorant. Elle n'avait jamais quitter l'Afrique pour l'Europe elle s'était tout simplement rendu au pays voisin, avec une partie de moi, pour travailler avec mon étoile, elle était à l'origine de mon accident de voiture qui aurait dû me coûter la vie pour qu'elle ait le poste de Ministre ; Sam était de mèche avec elle, elle n'était pas à son premier essai, mais à chaque fois une lumière blanche lui barrait le chemin et la rendait aveugle. Elle était venue me libérer et me rendre l'usage de mes jambes.

Je sortis de mon rêve effrayée, et tout en pleurs ; ma mère plongée dans un profond sommeil. J'entendis cette voix à la foi douce et autoritaire me dire : « lève-toi et marche », il n'y avait personne d'autre à part ma mère qui ronflait et moi, mais la voix se fit entendre trois fois.

Et la troisième fois, j'obéis ; cela était complètement fou, mais pour la première fois après de longs mois sur une chaise roulante, je pouvais enfin me tenir à peine debout sur mes deux jambes.

J'ai poussé un cri tellement grand que le quartier se réveilla et ma mère sursauta, elle me vit debout et ce jour nous avons loué, dansé et célébré Dieu de trois à sept heures du matin.

Nous pouvons courir après les choses de ce monde, mais si nous n'avons pas Dieu, nous courons sans connaître la destination finale. Lorsque nous rencontrons des envoyés de Dieu, ils nous communiquent la vie de Dieu.

Sans le Règne, nous ne pouvons pas faire la volonté de Dieu, quand il y a le Règne de Dieu, c'est tout qui vient.

La soif de Dieu est un ingrédient indispensable à avoir, car en dehors de Jésus-Christ, il n'y a pas de vie.

Fin.

«Ensemble, écrivons une nouvelle page pour l'Afrique.»

Achevé d'imprimé en octobre 2020 par

HK-AFRIQUE DESIGN & COMMUNICATION SARL A.U.

Tirage N° 2020-101